JN046545

詩集 夕暮れのおくりもの

夕暮れのおくりもの

北村紀子
Kitamura Michiko

土曜美術社出版販売

詩集　夕暮れのおくりもの　＊目次

カバー装画／著者

詩集

夕暮れのおくりもの

I

夕焼け

真っ赤な馬の背に乗った
燃える狼
豊かなしっぽを飛ばしながら
まっすぐ明日をにらんで
走って行くよ
オレンジ色に溶けたくじら
黒い魚を突き刺して走る

積もらなかった雪の
アスファルトの冷たい湿り気を

腹一杯に吸い込んで
私も走ろう
夕焼け浴びた
悲しみを抜けて

夕陽

生唾を飲み込む
巨大な塊が喉を広げ
まっすぐ腹までズドンと落ちた

もう、ダメだ
大勢の中
会議の、そのど真ん中
司会の私は立ち尽くした
筋が見えない
どういうこと

分からない

体が縮む、縮む
胸のあたりで小さく固まる
時間はフツフツと煮えたまま
私の言葉が浮かんで散らばる
その言葉を
見ないようにして
座っている人たち

秋の夕陽が
まっすぐ窓を通り抜け
私の手元に降り積もる
遠い山並みは、黒いシルエット
木々の先だけ金色に眩しい

切ないほどに私を呼ぶ
ああ
おまえたちの中に溶けて
私もここから
消えてしまおう

けだものの声を上げ
窓をたたき割り
私は山を駆け登る

峠

どしゃぶりの峠は
人影もまばらだった
溢れるように流れる雨を蹴飛ばしながら
飛ぶように駆け登った
店に
老婆が座っている
「ほら、これだよ
やっと手に入ったんだ」
たらいに浮かんでいる赤黒い体
「人魚ね」

手ですくってみた
赤い羽の生えた私の赤ん坊が
ぬれて笑っている
腹から下は、膨れてうろこもない
「何を食べるの」
「肉食だ」
老婆が縄をほどくと
いっぱいに広げた指先、その鋭い爪が
私の喉にまで届いた

我が子を
食いちぎろうとしたのは私
爪を立てたのは私だった
些細ないたずら
どうでもいいことなのに

許せない
どこまでも打ちのめしたい
いけない、いけない…
惨めで切ない、情けない
自分を切り刻み
泣いて眠った

切羽詰まったあの時のあの夢
あれから長い年月が流れた
たらいの中の赤黒い体
あれは
母親に、大人に、なり切れない
私の闇

風が

遠くで音を立てる
かすかな痛みが
峠を撫でて走って下る
今も

あした

あした
と、書いただけで
何だかとっても、わくわくする
あした
と、言っただけで
子どもみたいに、飛び跳ねたい

そんな日がある

畑で摘んだスギナが

竹かご、いっぱい
春の陽差しを浴びている
ほかほかのあったかさ
吸い込んで、染み渡ったら
ほら
カサコソ、ガサゴソ
風に音を立て始める
洗濯物が、のんきに揺れて
林の木々が、眩しく光る

あした、は
そう
おまえたちが連れてくる
変わらない、小さなうた
響いて、連なって

空と、風と、お日様、乗せて
そんな日がある

はまぐり

はまぐりを買ってきて
あの人が鍋に入れた
娘が目を光らせる
「どこから
こんにちは、って
かい、きたの」

おまえは
どこからやって来た
光った背は

今はもうパリパリに乾き
おまえは割れた
おもちゃ箱で
真っ二つに踏まれた

白い裂け目は
柔らかい絹のようだ
金色に光る波の形だ
私の中で裂けているもの
突き刺さる不安、迷い、焦り
暮らしても暮らしても
裂けていくもの
私の裂け目も
おまえのように柔らかいか
それでもやさしく光っているか

台所のうた

シャキ、シャキ、シャキ
人参が反り返る
薄い輪切りが
包丁から飛び出し
まな板の上で
転がる
重なり合う
声を上げる
シャキ、シャキ、シャキ
だいだい色の満月

水平線の太陽

ふっと
遠い昔が透けて見える
忙しい仕事帰り
まな板の周りで
娘たちが駆け回る
亭主も帰って味噌を溶く
さあ、みんなで晩ご飯
ただ必死だった日々
人参と一緒に
軽やかに身を翻す

集めて集めて
反り返った人参を重ねる

くっと押さえて
細く切る
線がのけ反り
包丁から弾けて広がる
ふんわりみるみる積み上がる

あっ、母さん
死んだ母が覗き込む
何ができるの？
だいだい色が笑ってる
お・た・の・し・み

人参の細切り
今日もまた
まな板からこぼれ出て

積み上がる日々
暮らしの、ど真ん中
シャキ、シャキ、シャキ

夕暮れの中

今日という重り
飲み込んだまま、家に逃げ帰る
いつもの道

ほっと息をつくと
フロントガラスの向こう
山も田んぼも
もうすっぽりと黒い絵の中
川だけが浮かんで光る
白く細い腕のように

すうっと私まで届いて来そうだ
さざ波が細かく盛り上がり
黒い闇をちらちら揺らしている

橋を渡り
信号だけの暗い道へ突っ込んでいくと
その先の工場の空が
夜へと色を変えていく
絵本のページをめくるように
その昼と夜の、息を呑む狭間で
山の木々が並んで身をさらす
僅かな虹色の中で
微笑むように
祈るように

ああ
なんて、きれい
夕暮れの贈りもの

Ⅱ

土偶

一万年
気の遠くなるほどの
時の向こうから
ただ、まっすぐ
強い、むき出しの
命への祈り

近づくと
密かな息遣い
そっと私も
息を吸う、息を吐く

湧き上がる、未知の懐かしさ
熱く素朴な
穏やかにまとう、不思議
娘を産み落とした
あの生あたたかいぬくもりに似て

ほとばしる、私の中の
気づきもしなかった
遥か彼方との確かな共鳴
奥の、もっと奥の
体を突き抜けて響く、熱い波動
押さえられない
こみ上げるもの

静寂が
解き放たれる

雲よ

1

刃物のような雲よ
光ったステンレス
おまえ
灰色の空を
切り裂いて進め

2

今日は、おまえ
飛び跳ねているね
ぱっくり開いた、真っ黒い雲の隙間で
シャリッと閉じそうな
はさみのような雲の隙間で
何をそんなに飛び跳ねているんだい

何だかおまえ
あたしに似てる

3

何でそんなに
いつもゆっくり
あたしを見るんだい
夕方
駅の窓に
きっちりはまって広がる雲よ
おまえがそんなに赤いから
時々、あたしは泣きそうになる
おまえがいつも向こうに向かって
いつもいつも手を伸ばしているから
あたしはどんどん吸い込まれていくよ

駆け出したい

駆け出しておまえを飛び越したい
おまえがいつも
そんなにゆっくり身を伸ばす
その向こうには
何があるんだい

人参

空、目がけ
そっと背伸び
針より細い
まっすぐな二本の芽
柔らかい根元で
もう人参色が、覗いてる
ふわふわ並んで揺れる
もえぎ色の糸
初夏の陽射しに
踊ってる

眩しすぎる
空をつかむ小さな手
無邪気な歓声
ただ、ただ
おまえは
おまえになろうとする
その一途さ
ああ
何と言おう
震える程、心揺さぶる
圧倒する

人参の芽よ

春キャベツ

1

ビニール袋を開け、息を呑む
白い蛇か
袋いっぱい渦を巻き、出口を探して絡み合う
目を見張る
隙間埋め尽くし、芽を伸ばす春キャベツ
カサコソ、ガサゴソ
聞こえてくる
袋から出すと、袋の形そのままに

体ごと幾重にも幾重にも編み込み
もがき、のたうち
忘れられた冷蔵庫の中で、命を燃やしていた

葉という葉、全ての脇から、吹き出す蕾
いくつもいくつも、小さな花
透き通るように、とろけ始めて縮んだ先端は
薄いねずみ色
咲くことのない無数の花、花、花
無念さが、押し寄せる
でも
これでいい
一切の切なさを拒み
どこまで伸びるか
春キャベツ

2

ふんわり覆っている、ヘロヘロの薄黄色の葉
何だか、でも、美味しそう
おまえ
食べてあげるよ
縒《よ》って解《ほど》いて剝がしていく
そっと、そっと、慎重に
入り組んだパズル
上へ、下へ、斜めへ、裸の螺旋が見えてくる
脇芽の蕾も欠いていく
白も黄色もねずみ色も
なんて淡い水彩パレット
隅から隅まで

今夜の味噌汁、ご馳走になろう

ごつごつの根元だけ、鮮やかな緑
太陽浴びた畑の色
そうだ
残った茎は、土にお帰り
木々の中に投げ入れる
春の柔らかい木漏れ日の中で
白い螺旋が浮かび上がる
切なさは
震えるほど光り輝き
おまえ
一枚の見事な絵画

五ミリのナメクジ

あれ、
キャベツに小さな虫食い
そっとめくってみたら
ちっちゃい、ちっちゃい、ナメクジ
おまえか
摘まんで流しで、ギュッとつぶす
親指と人差し指の間から
ピュッて飛んだドロドロ
ほんのり赤い
おまえ、血の色?

そうか
血が通っていた
あたしと同じ

ほんの小さなナメクジ
中味、飛び出たのに
流しの隅で、ころんと膨らんでる
えっ
えっ、やだ
元の大きさに戻った？
水を吸ったから？
生きて動き出しそう
ごめんね、つぶしちゃった
ほんの少しキャベツかじっただけ
このくらい、別によかったかな

ころころのナメクジ
動かない
動かないけど、何か言ってる
五ミリのナメクジ
えっ、何？
流しに流す
もう、見えない、もう、生ゴミ

でも
いつまでも、目に浮かぶ
いつまでも、何か言ってる
えっ、何？
ちっちゃなナメクジ
ほんのり赤いドロドロ

もし
あたしがピュッとつぶされたら
あたしの中味も
ほんのり赤いか
おまえと同じ

畑でポルカ

1

雨
止んでおくれよ
天気予報が大丈夫だって
だから、急いでやって来た
タマネギの苗が
根を絡ませて、うずうずしてる
まっすぐ伸びた芽の先が
ほんのり黄色くなってきちゃった

今年こそ、タマネギ、ちゃんと育てたい
今年こそ、大きいタマネギに育ちたい
そうだよ、そうだよ
タマネギの苗、百本と、あたし
ずうっと、じいっと
一緒に、空、見上げてる

2

もう採っていいよ
大根の立派な葉っぱ
でも、ちょっとまだ細いよ
少し待てば、少し太くなるかなあ
うーん

待ちすぎたらスが入る
葉っぱも寒さで縮んでくる
うーん
待ってみる?
採ってみる?
大根との押し問答
早くしないと
やだ
陽がもう沈んじゃう

3

モグラ
顔出さないし

見たことないけど
今日も
ふんわりふかふかトンネル道
寒くなってもまだまだ元気
昨日はあっち、今日はこっち
ミミズだったら食べていいけど
植え立てのキウイの根っこ
もし、かじったら
そしたら、即刻
戦闘だからね

4

もう、二週間

ウンでもない、スンでもない
大丈夫かい、空豆の種
顔出しておくれよ
もう、我慢できない
そおっと、土をほじる
覗いてみる
腐ってるのか、生きてるのか
あっ、あったあ
ほんの三ミリ、小さな芽
上に向かって、空に向かって
種の端っこにくっ付いて
やったね、でかした
突然のお日様にびっくりした?
ちょっとだけ、笑い合って
土をかける

5

ピチュクチュ、ピチュクチュ
ピューチュク、ピューチュク
二拍子ポルカの
おしゃべりさん
林のあの梢あたりか
姿見せない、いつものあの子
　なんだよ、なんだよ
そうかい、そうかい
おまえと一緒に
おしゃべりポルカ
体が弾む、心も飛んでく、手も動く

そうかい、そうかい、そうなのかい
風も、空も、お日様も
石も、土も、虫も、草も
声をそろえて
おしゃべりポルカ
あんなことも、こんなことも
なんだい、なんだい、なんなんだい
笑い飛ばして
畑のポルカ
　ピチュクチュ、ピチュクチュ
ピューチュク、ピューチュク

いつでもどこでも

谷から霧が登って来る
深い緑を溶かしながら
木々が白いもやに身を任せる
その霧の向こう
なびく赤い見事な帯
雲の切れ目だ
太陽が覗いてる、見つめてる
おはよう
が、飛んでくる
おはよう

を、両手いっぱい抱きしめる

道路の端っこで、湯気が噴き出す
温泉だ
伸びやかな手つき、腰つき
こんな所で
ひっそりと、楽しげな湯気のダンス
雲を誘って、手を振って
揺れて弾けて大空へ
リズムが誘い、メロディーが踊る
思わず、青空へ手を伸ばす

日の出の海
一面に朝日が広がり
銀色の模様がチラチラさざめく

その模様を消して横切る、何本かの筋
その先に
漁船がのんびり浮かんでいる
遠くの漁船に人さし指を合わせて
海の筋をたどってみる
ほんのり潮の香りが、懐かしい磯の景色が
指先に溢れてくる
そっと、手を広げ
海一面、撫でてみる
波の息吹が
チラチラと手のひらで息づいて
私の体、奥深く
広がる、広がる

響き合う

かすかな、小さな、確かな、うた
重なり合う
喜びにあふれる、澄んだ音色
いつでも
どこでも

結婚

びっくり箱を開けてみたら
メガネの男と
あたしと
ごはん粒のような赤ん坊が
笑っていた

＊

隣の男と夫婦になったとたん
日常が

顔なじみの大家のように
手をもみながらやって来た

＊

あたしの
股の間に隠していた哀しみを
あの人は好きだと言った

＊

夏の夕立に
庭の雑草が元気よく揺れる
何もかも
赤ん坊も、あの人も、仕事も

何もかも捨ててみたい
ぼんやり見ていた
丸い石、目がけて
ナイフを思い切り突き立ててみたい

*

こんもりと並んだ林を
静かに染める、あの夕陽のように
あたしの暮らしは
あたしのものだろうか

Ⅲ

ユメのナカ

ふわふわ飛ぶように、走るように
あたし、裸だった
水中とは違う
空でもない
地面とも言えない
下半身がとろけそうだ
たまらない
このままで、このままでいたい
飛んで、走って
ずっとずっとこのまま

やっぱりユメなんだ
夢の中で、確認するあたし
こんなユメ、見ちゃった

朝になっても
下半身がとろけるようだ
後ろから、前から
甘いふわふわがやって来る
広がって、波打って
朝なのに、どうしよう
洗面所で、台所で、風呂場で
しゃがみ込むたび
ふわふわが押し寄せる、湧き上がる
スーパーで、エレベーターで
しゃがみ込む

そっと、人目盗んで

いつもの一日の
そのすぐ横に、ストンと落ちて
いつもじゃない一日
もうとっくに手放した
もうすっかり無くしてた

なあんだ
まだユメの続きだった
夢の中で、あたし、笑ってる

これって、ユメなの
どこまで続くの
何だか分かんない
夢の中

体中が、叫んでる
まだ、覚めないで
苦しくて
切なくて
もっと、もっと
ユメのナカ

あの日

欲しかった切手
盗《と》った

そっと店を出たら
おばさんが追いかけてきた
何か言われて
連れ戻される
足はふわふわ
頭はかあっと真っ赤になった
おばさんの目を盗んで

・

ドブの隙間に全部捨てた
何かいっぱい言われた
それからのこと
よく覚えていない
盗んだこと
とうとう誰にも言わなかった

机の引き出しの中の
私の教会
小さな小さな教会で
ごめんなさい
ごめんなさいって
謝った
他にもいっぱい
謝った

小学校三年生くらいだった
遠い遠いあの日のこと
今
手のひらに乗せてみたら
ちょっと、あったかい宝物
あの机の中に散らばった
たくさんの懺悔
手繰り寄せたら
みんな笑顔に変わってた
子どもの時間
不思議にまぶしい
今
そっと抱きしめる

銀色の

はみ出した小さい足の
布団のへりから
銀色の粉が飛んだ
私の夜に、さらさらこぼれた
娘が寝息を立てる
ぴったりくっついた体いっぱい
私を呼ぶ
銀色のさざ波に包まれ
夜の奥の奥、どこまでも
娘と一緒だった頃

娘を膝に抱いて
あんたは
ブランコの本を読んで聞かせる
とおたん、とおたん
娘があんたを呼び
風呂に肩までつかって
一緒に歌を歌う
私は
娘と押し入れに登る
戸を閉めよう
もっと奥へ潜ってよ
とうさんに見つからないように

ほどいてみる

時間のひも
たどってみる
穏やかな、ひとつひとつ
口を開けたまま
飲み込んでいた
腫れ上がるほど飲み込んでいた
忙しい嵐の中の日々
いっぱい、いっぱい、あった
あんな大切な時間

孫が
娘の回りで、じゃれる、跳ね回る
飛びついて甘える
銀色の粉がさらさら溢れて
私の中を

満たして光る

秋の日

腕の中で
四か月のおまえは
ただただ
じいっと私を見つめている
私の中のその奥の
何を見つけようとするのか
夢の手前の
動かない瞳に
秋の木漏れ日が揺れる
色づき始めた木々も揺れる

そっと
おまえは笑う
私の中のその奥に
何か見つけたのかい
満ち足りた瞳に
私もとろけそうだ
もう一度
おまえは笑って
それから
瞼が閉じる

トン、トン、トン
腕いっぱいの
かわいい重みをあやしながら

私はゆっくり歩く
おまえのほわほわの髪が
ほら
秋の陽射しと遊んでる

二人の国語

かさかさの短い太い指で
そっと私の手を握る
一年生のたかお君
春の陽差し
誰もいない校庭
小さな画板をぶら下げて
二人でのんびり歩いて回る
石を拾うと、 私に見せる
「い」、「し」

私は、ゆっくり、はっきり、ことばにする
画板に大きく、「い、し」と書く
それから、一文字ずつ指して、発音する
「い」、「し」
たかお君は、私の口元をじっと見つめ
同じ速さで、「い、し」を、まねる
でも、ダウン症の舌は短くて
「いし」に、ならない
それでも、音は少しずつ近づいてくる
三回繰り返すと
目尻にしわをいっぱい寄せて、にっこりする
よしよしと、わたしは頭をゴリゴリ撫でて
画板に、花まるをつける
花まるは、みるみるいっぱいになる
いし、うさぎ、てつぼう、すいどう、みず

せんせい、たかお

ものと、ことばと、音と、文字が
たかお君のまわりで追いかけっこ
じゃれて弾んでふざけてる
話したい、伝えたいけど
なかなか分かってもらえない
その腕白なことばたちが
たくさん、ぞろぞろ、付いてくる
だから、まわりはいつも
何だか賑やか、何だかかわいい

だいじょうぶ
ゆっくり、はっきり
手作りのスポンジ、一音ずつ押しながら

繰り返し繰り返し、練習しようね
ちょっとずつ、たかお君のおはなし
聞き取れるようになってくるよ

春の暖かい陽差しが
ことばたちが
たかお君の回りを包んで
優しく、そっと抱きしめる
今日も

古民家で

旅の途中に寄ってみた
築四百年の古民家
薄暗く広い土間に立つ
見上げるほど高い
組み木むき出しの天井
幾重にも幾重にも
縦横に入り組む漆黒の梁から
わずかな光がこぼれてくる
でこぼこの堅い陶器のように
一面黒光りの土の床

木目の浮き上がった太い大黒柱
結ばれた白い幣束が
晩秋の西日を映して浮かび上がる

肌寒さをまとって
そこかしこから降りて来る
確かな気配たち
四百年の時を越えて
今
私を包んでくれるものたち
どこかで一緒だった
ずっとそばに居てくれたような
懐かしい優しいものたち
四百年の暮らしの中の
微笑みなのか、ため息なのか

身を翻す、童たちか
おいで
笑っているのかい
弾んでいるのかい

太い柱に手を回すと
伝わってくる
遠い暮らしの息づかい
満ちてくる
静かな祈り
夕暮れに包まれて
手繰り寄せ
重ね合い、確かめる
遥かな、時の、ささやき

ことばが

真夏の通り雨
アスファルトから、もやが沸き立ち
雲が海に覆いかぶさる
空と海の境を消し
さざ波も消して
細い島らしい影が
わずかに水平線を感じさせる

過ぎていく時間
変わっていく色

かすかな海の匂い
ふっと
静寂に身を委ねる喜び
思考が止まり、感覚だけが
揺らめいて、揺らめいて
生まれ出る、ことば
ほのかに熱を帯び、ゆっくり発酵する
見えるもの、見えないもの
ことばが、なぞり始め
確かな形になろうと
もがく、もがき続ける
今と、その向こうに潜んでいるもの
引っ張り合い、押し合い
響き合う気配がよぎる

真夏の蟬の声が
静寂を包み込む
溶けてこぼれていくことば、追いかけて
急いで
ペンを握る

あとがき

遠い遠い夢だった詩集……。今、実現する幸せに感謝しています。詩から離れて三十余年、大変なこともありましたが、無駄なことは何一つなかったと、今、しみじみ思っています。

私を受け入れ、詩を導き励ましてくださった、今は亡き詩人菅原克己、詩と童話を書き和紙ちぎり絵作家だった、亡き母阿部ひろ子に、この詩集を捧げます。

そして、朝日カルチャーでいつも心に響くご指導をくださる野村喜和夫先生、温かく迎え入れてくださった「サークルＰ」の青山晴江様、私の迷いに辛抱強く付き合ってくださった土曜美術社出版販売の高木祐子様、スタッフの皆様に、心からお礼申し上げます。

次の詩集を目指して、これからも書き続けていくつもりです。その日を夢見て……。

二〇二三年三月

北村紀子

著者略歴

北村紀子（きたむら・みちこ）

1947年生まれ

所属　「サークルＰ」同人

現住所　〒243-0208　神奈川県厚木市みはる野1-9-1

詩集　夕暮《ゆうぐ》れのおくりもの

発行　二〇二三年四月二十二日

著者　北村紀子

装丁　直井和夫

発行者　高木祐子

発行所　土曜美術社出版販売

〒162-0813　東京都新宿区東五軒町三―一〇

電話　〇三―五二二九―〇七三〇

ＦＡＸ　〇三―五二二九―〇七三二

振替　〇〇一六〇―九―七五六九〇九

印刷・製本　モリモト印刷

ISBN978-4-8120-2763-9　C0092

© *Kitamura Michiko 2023, Printed in Japan*